Viens, Crabe Grognon!

Jonathan Fenske

Texte français de Magali Bénière

■ **SCHOLASTIC**

Pour Coco, qui trouve toujours tout!

Catalogage avant publication de Bibliothèque et Archives Canada

Titre: Viens jouer, Crabe Grognon! / Jonathan Fenske, auteur et illustrateur ;
texte français de Magali Bénière.
Autres titres: Let's play, Crabby! Français
Noms: Fenske, Jonathan, auteur, illustrateur.
Description: Mention de collection: Crabe Grognon ; 2 | Traduction de: Let's play, Crabby!
Identifiants: Canadiana 20190110260 | ISBN 9781443177436 (couverture souple)
Classification: LCC PZ23.F36 Vie 2019 | CDD j813/.6—dc23

Édition publiée par les Éditions Scholastic, 604, rue King Ouest, Toronto (Ontario) M5V 1E1
CANADA.

5 4 3 2 1   Imprimé en Chine 62   19 20 21 22 23

Conception graphique du livre : Maria Mercado

LA DEVINETTE

Aujourd'hui, c'est juste une autre journée à la plage.

Du **vent** dans le visage.

De **l'eau** dans les yeux.

Des **algues** dans les pince

3

CHUUUT!

4

7

8

LE JEU

J'adore jouer
à des jeux!

Hé! Crabe Grognon! Est-ce que tu veux jouer à un jeu?

Non, Plancton! Je ne veux **pas** jouer à un jeu.

Je n'aime pas les jeux.

Si tu joues avec moi, je serai ton **meilleur ami**!

Je n'ai pas besoin de meilleur ami.

Mais **tout le monde** a besoin d'un meilleur ami!

Pas moi.

14

Alors, on peut ouer à un jeu?

Bien sûr, Plancton. On peut jouer à un jeu.

YOUPI! On joue à « Jean dit »!

Qui est Jean?

Tu peux être Jean.

17

L'AUTRE JEU

Hé! Crabe Grognon, tu veux jouer à cache-cache?

Non, Plancton. Je ne veux **pas** jouer à cache-cache.

Tu peux te cacher, et moi, je vais te chercher.

Je ne veux **pas** me cacher.

D'accord, je vais me cacher. Tu peux me chercher.

Je ne veux **pas** te chercher.

On ne peut pas jouer à cache-cache si tu ne veux **pas** te cacher ni me chercher.

Exactement.

24

Ce n'était
pas
amusant.

C'était
amusant pour
moi.

GRRR

GRRR

25

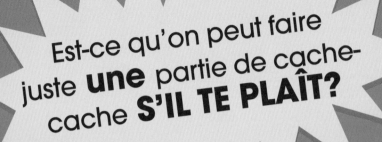

26

28

C'est pile!

Alors, c'est **toi** qui dois me chercher.

C'est **tellement** excitant!

29

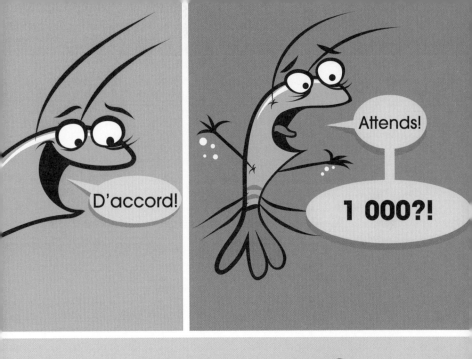

31

L'AUTRE AUTRE JEU

Hum.

Le chat perché, c'est **plus** amusant avec **plusieurs** joueurs!

Hé! Alice, Tina, Bavard!

Oh non, tu plaisantes!

35

Crabe Grognon, on dirait bien que c'est toi le **CHAT**.

Pourquoi **MOI**?

Parce que tu n'as pas dit que tu ne serais **pas** le chat.

D'accord, alors…
CE N'EST PAS MOI LE CHAT!

HA!

Désolé!

Tu l'as dit trop tard!

Hummm.

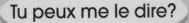

Tu peux me le dire?

Non.

S'il te plaît!!! **J'adore** les secrets!

J'adore les secrets, moi aussi.

C'est pour ça que je ne les **révèle** pas.

Plus près.

Plus près.

Tu es prêt?

OUI!!!

Je ne peux pas être le CHAT, parce que...

Dis-moi! Dis-moi!

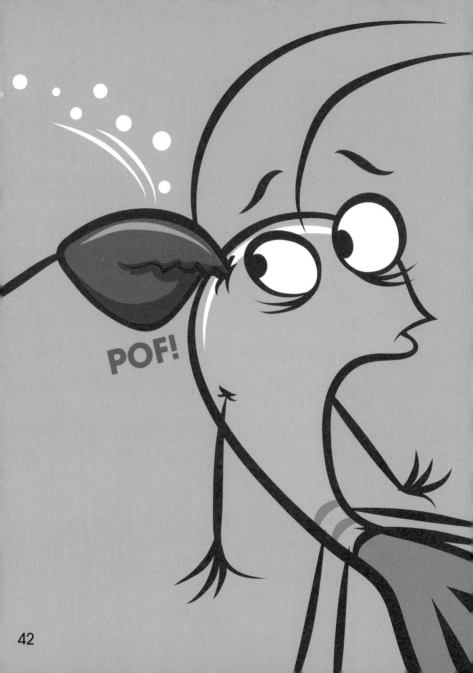

POF!

43

À propos de l'auteur

Jonathan Fenske vit en Caroline du Sud avec sa famille. Il est né en Floride, près de l'océan, et la vie à la plage n'a plus de secret pour lui! Il **adore** jouer à des jeux, courir et escalader des montagnes.

Jonathan est l'auteur et l'illustrateur de plusieurs livres pour enfants, dont l'album LEGO® *Moi aussi, je suis amusant!* En 2016, il a reçu le prix Theodor Seuss Geisel.

SES LIVRES NE SONT PAS DRÔLES!

DESSINE PLANCTON!

C'est tellement amusant!

1. Dessine la moitié d'un cœur.

2. Dessine la bouche et l'avant du corps.

3. Ajoute trois boucle en bas et une ligne en travers du corps

4. Colorie la bouche. Dessine quatre pattes et deux antennes.

5. Ajoute les yeux et les bras de Plancton! Termine en ajoutant quelques détails.

6. Colorie ton dessin!

RACONTE TA PROPRE HISTOIRE

Plancton adore jouer à des jeux.
À quel genre de jeux est-ce que tu aimes jouer?
Est-ce que tu jouerais à des jeux avec Plancton?
Est-ce que Crabe Grognon jouerait avec toi?
Écris et dessine ta propre histoire!